BABEL
巴别塔100

Anna Akhmatova

我学会了简单明智地生活

阿赫玛托娃诗100首

〔俄〕阿赫玛托娃
晴朗李寒

著
译

人民文学出版社
PEOPLE'S LITERATURE PUBLISHING HOUSE

图书在版编目(CIP)数据

我学会了简单明智地生活:阿赫玛托娃诗 100 首 /(俄罗斯) 阿赫玛托娃著;
晴朗李寒译. —北京:人民文学出版社,2021
(巴别塔 100)
ISBN 978-7-02-015335-0

Ⅰ.①我⋯　Ⅱ.①阿⋯②晴⋯　Ⅲ.①诗集-俄罗斯
-现代　Ⅳ.①I512.25

中国版本图书馆 CIP 数据核字(2019)第 111807 号

责任编辑　卜艳冰　何炜宏
封面设计　钱　珺

出版发行　人民文学出版社
社　　址　北京市朝内大街 166 号
邮　　编　100705
网　　址　http://www.rw-cn.com

印　　刷　上海利丰雅高印刷有限公司
经　　销　全国新华书店等

字　　数　90 千字
开　　本　889 毫米×1194 毫米　1/32
印　　张　3.5
版　　次　2021 年 2 月北京第 1 版
印　　次　2021 年 2 月第 1 次印刷

书　　号　978-7-02-015335-0
定　　价　45.00 元

目录

百合花

我采摘了一束美丽芬芳的百合，
它们像一群纯洁天真的少女，矜持而羞涩，
那些花瓣颤抖着，沾满了露珠，
我从上面啜饮了芳香、宁静和幸福。

仿佛因为痛苦，我的心战栗地揪紧，
而暗淡的百合也摇动着花冠，
我重新想起了远方的自由，
在那个国度，我曾和你相依相伴……

你来到大海边，在那里遇见了我……

你来到大海边，在那里遇见了我，
在那里，柔情融化，我也爱上了你。

那里有两个人的身影：你的和我的，
如今它们相互思念，溶解了爱情的忧郁。

浪花拍击着海岸，就像当时
它们没有忘记我们，永远不会忘记。

不屑于时间的漫长，轮船远航，
朝着河水汇入海湾的方向。

现在和将来都不会有终点，
恰如太阳这个信使自古至今的奔忙。

风啊，埋葬吧，请把我埋葬……

风啊，埋葬吧，请把我埋葬！
我的亲人们没有前来，
我的上空只有暮色迷茫，
只有寂静的大地的呼吸。

我曾经和你一样，自由自在，
但我更渴望生活。
你看，风啊，我的尸体冰冷，
没有人来叠放我的双臂。

请用暗夜的裹尸布
掩盖起这黑色的伤口，
请命令蓝色的大雾
为我朗诵赞美诗。

为了让我孤身一人，轻松地
进入最后的梦乡，
请用高高的苔草的沙沙声
为春天，为我的春天歌唱。

你疯狂的眼神……

你疯狂的眼神，
冰冷的语言，
那些对爱情的表白，
都是在初次见面之前。

在某个久远的世纪
我曾向你许诺，
跨越海洋，穿过河流，
像中了魔法一样前来见你——

我不知道你的特征，
也不知道你的姓名。
对于我，你仿佛没有遮盖的夜晚，
仿佛黎明。

我写下这些词语……

我写下这些词语，
久久地不敢说一句话。
我的头隐隐作痛，
身体也僵硬得可怕。

远方的牧笛声渐渐平息，
心中依旧是那么多谜语，
秋天细小的雪花
覆盖了槌球场地。

最后的叶片沙沙作响！
最后的思绪令人伤心！
我不想打扰
那些习惯了嬉戏玩耍的人。

我可爱的双唇
原谅了他们残酷的玩笑，
啊，明天你会来探望我们
沿着那条最早的雪橇小道。

蜡烛在客厅中点亮，
它们的光线在白天越发柔美，
人们会从温室
为我带来一大束玫瑰。

白夜里

哦，我没有锁上房门，
也没有点燃烛光，
你不知道，我是多么疲惫，
却不想躺到床上。

我注视着，昏暗的暮色里
熄灭了透过松针的一缕缕光亮，
我为那说话声而陶醉，
它和你的声音多么像。

我知道，一切都已经失去，
而生活——就是万恶的地狱！
哎，可我曾经相信，
你还会回到这里。

我再也不需要我的双腿……

我再也不需要我的双腿，
但愿它们化作鱼的尾巴！
我向前游动，阵阵清凉让我快慰，
远方的小桥朦胧地泛出白色。

我再也不需要驯服的灵魂，
就让它化作轻烟，一缕轻烟，
飞掠过黑沉沉的河岸，
它会变成一抹浅蓝。

看吧，我潜水潜得多么深，
伸手就可以抓住一把水草，
我不再重复任何人的话语
也不再重复任何人的烦恼……

而你，我远方的爱人，莫非
变得脸色苍白，忧郁而沉默？
我听到了什么？整整三个星期
你一直在低声问："可怜的女人，为什么？！"

门扉半开半闭……

门扉半开半闭，
椴树释放甜蜜的芬芳……
一条马鞭和一只手套
遗忘在了桌子上。

灯光四周一片金黄……
我聆听着沙沙的声响。
你为什么离去？
我至今都不明白……

明天的早晨
迎来的将是快乐和晴朗。
这种生活多么美好，
心啊，愿你变得明智。

你已经十分疲惫，
跳动得越发轻微，低沉……
你知道，我读懂了，
那些不死的灵魂。

未完成肖像上的题词

哦，请不要为我叹息，
这忧郁难以忍受，无根无据，
我就在这里，在灰色的画布上，
可怕而模糊地浮现。

飞起的双臂像是疼痛骨折，
眼神中透出狂怒的笑意，
在尽情享受苦难的时刻，
我不可能变成另外的模样。

他希望我这样，他命令我这样，
用致命而狠毒的语言。
我的嘴唇因慌乱变得绯红，
而面颊却雪一样苍白。

他的过失算不上罪孽深重，
他走了，去凝视别人的眼睛，
但在我死前的昏睡里
什么都不会进入我的梦境。

一整天她都待在小窗前……

一整天她都待在小窗前，
心情苦闷："快点来场大雷雨多好。"
我发现，只有被恶狗追咬的野猫，
才会有这样的眼神。

是的，那个你等待的人，不会回来，
就连最后的期限都已过去。
窒闷的热浪，像锡水，从天空
流淌到干涸的大地。

凝望着灰色阴沉的雾霾，
你只能用痛苦折磨自己的心。
我甚至觉得——你会突然喵喵叫起来，
在肮脏的地板上弓起腰身。

葬礼

我为坟墓寻找着地点。
你是否知道，哪里更加明亮？
原野上如此寒冷。大海边
乱石堆积，实在凄凉。

可是她已习惯了安宁，
并且热爱着太阳的光芒。
我要在它的上面筑间小屋，
就像我们住了多年的家一样。

窗户之间会有一道小门，
我们在屋里把长明灯点燃。
它就像一颗忧郁的心
闪烁着鲜红的火焰。

你知道，她生病了，梦话连篇，
说着另一个世界，说着天堂，
而修士却指责："天国不是为你们
这些罪孽深重的人准备的地方。"

那时，她因病痛脸色变得苍白，
喃喃低语："我要跟随你去。"
你看，如今我们相伴，自由自在，
脚下是蔚蓝色的浪涛在拍击。

致缪斯

缪斯姐姐看了看我的脸，
她的目光明亮而清纯。
她摘下我的黄金指环，
这是春天的第一件礼品。

缪斯啊！你看，世人都多么幸福——
无论是少女、女人，还是寡妇……
哪怕死在车轮之下，
我也不想遭受这种桎梏。

我知道：为了占卜，我应采摘
一朵稚嫩的雏菊。
但在尘世间每个人都要承受
爱情的极大痛苦。

窗台上的蜡烛直点到天亮，
我没有思念任何人，
可是我不想，不想，不想知道，
他们怎么去亲吻别的女人。

明天，镜子会嘲笑我说：
"你的目光既不明亮，也不清纯……"
我会轻声回答："是缪斯
夺走了上帝给我的赠品。"

爱情

时而像条小蛇，蜷缩成一团，
在内心施展着巫术，
时而化作一只鸽子，整天
在洁白的窗台上低声咕咕。

时而在刺眼的霜雪上闪耀，
时而在紫罗兰的睡梦中惊醒……
但是它会忠实而秘密地引导，
让人远离快乐与安宁。

在小提琴忧郁的祈祷声中
它学会了甜蜜地痛哭，
然而，在陌生的微笑里，
却又害怕把它猜出。

花园

它熠熠闪光，窸窣作响，
这座冰封的花园。
那离我而去的人，心怀忧伤，
但没有道路可以回返。

太阳苍白暗淡的面孔——
就像一扇圆窗；
我隐约地明白，某人的替代者
早就依偎在他的身旁。

在这里，我的安宁
被不幸的预感永远夺去，
透过单薄的冰层
仍显露出昨日的足迹。

一张暗淡枯死的面容
俯向帷幔沉寂的梦境，
几只掉队的白鹤停止了
尖厉的啼鸣。

今天没有给我送来书信……

今天没有给我送来书信：
他忘记了写，或是已然离去；
春天如同白银欢笑的颤音，
一艘艘海船摇晃在港湾里。
今天没有给我送来书信……

不久前他还和我在一起，
他对我如此多情，温柔，亲昵，
但那是在洁白的冬天，
而现在是春季，春季的忧郁令人生厌，
不久前他还和我在一起……

我在聆听：轻轻颤动的琴弓，
弹奏着，弹奏着，像临死前的哀痛，
我害怕，我的心会炸裂，
不能写完这些温柔的诗行……

我的声音微弱，但意志并不薄弱……

我的声音微弱，但意志并不薄弱，
没有了爱情我反倒觉得轻松。
蓝天高远，山风吹过，
我的那些意愿纯洁而神圣。

失眠——这位助理护士离开我去找别人，
坐在灰白的炉灰边，我并不困倦，
钟楼上倾斜的指针
我也并不觉得像是致命的毒箭。

一幕幕往事在我的心中疯狂翻动！
获得自由的日子近了。一切我都会宽恕，
我看见，沿着春天湿润的常春藤，
一缕缕光线在上下奔突。

我学会了简单明智地生活……

我学会了简单、明智地生活，
望着天空，向上帝祈祷，
学会了夜幕降临前久久徘徊，
让多余的不安感到疲劳。

当牛蒡在峡谷中沙沙作响，
红黄相间的花楸果串低垂，
我写下快乐的诗句——
关于易朽的生活，它易朽而华美。

我回来了。毛茸茸的小猫咪，
温柔地打着呼噜，舔着我的手掌，
在湖畔锯木厂的塔楼上，
闪耀着明亮的灯光。

只是偶尔宁静会被打断，
一只白鹳鸣叫着，飞上屋顶。
如果此时你来敲响我的房门，
我觉得，我甚至都不会听见。

亲爱的，请你不要把我的信揉作一团……

亲爱的，请你不要把我的信揉作一团。
朋友啊，请你把它一口气读完。
我已经厌倦充当陌生的女人，
在你的旅途中形同陌路。

别这样看我，别气愤地皱起眉头。
我是你的心上人，我属于你。
我不是牧羊姑娘，也不是公主
更不是一名修女——

我身穿灰色平常的裙子，
脚上是一双鞋跟磨损的旧鞋……
但是，我的拥抱一如从前热烈，
大眼睛里还是同样的恐惧。

亲爱的，请你不要把我的信揉作一团，
别为藏在心中的虚伪哭泣，
请你把它收起来吧，装进
自己可怜的背包深底。

我见过冰雹过后的原野……

我见过冰雹过后的原野
和感染鼠疫的畜群，
我见过一串串葡萄，
当严寒季节突然降临。

我还记得，如同梦幻一般，
静夜里的草原大火熊熊……
但我最害怕的是
你遭受折磨的灵魂被洗劫一空。

这么多的乞丐。那让我也成为其中一名——
睁开泪水干涸的双眼。
让它们微弱的绿松石的光芒
照亮我的房间。

桌子前已是暮霭沉沉……

桌子前已是暮霭沉沉。
这空白的一页无法补救。
金合欢散发尼斯 ① 的气息和温馨。
一只白色大鸟在月光下飞走。

我把过夜的发辫扎得很紧，
好像在为明天梳妆，
凭窗远眺，不再伤心，
我看到茫茫的大海，和无垠的沙岗。

假如一个人连柔情都不需要，
他还有什么样的权力！
当他呼唤我的名字，
我甚至连疲惫的眼睑都不能抬起。

---

① 尼斯，位于法国南部地中海沿岸，著名旅游城市。

我知道，我知道……

我知道，我知道——那对滑雪板
会重新发出嘶哑刺耳的声响。
棕色的月亮高悬蓝天，
草场那么愉快地斜向远方。

宫殿里的窗口闪烁着灯光，
寂静把它们与人世隔断。
既没有小路，也没有曲径，
只有冰窟窿一样的无边黑暗。

垂柳，你这树中的美人鱼，
不要阻挡我的去路！
一群乌黑的寒鸦在雪枝间栖息，
请暂且给它们一个容身之处。

我们将不会从同一只杯子……

我们将不会从同一只杯子
喝水，或是饮甘甜的美酒，
我们不会在大清早亲吻，
而黄昏时一起眺望窗口。
你呼吸着阳光，我呼吸着月亮，
可我们在同一的爱情中生长。

我真诚温情的朋友总在身边，
与你相伴的是你愉快的女友。
我明白你灰眼睛的慌乱，
你是我伤痛的罪魁祸首。
我们不会更多地短暂约会，
因此应该珍惜我们的安宁。

只要你的声音在我的诗中歌唱，
只要在你的诗中散发我的气息。
啊，如同篝火，无论是忘却，还是恐慌，
都不会将它吹熄。
假如你知道，现在我是多么想亲吻
你那干燥的、玫瑰般的双唇！

迷蒙的玻璃图案后面……

迷蒙的玻璃图案后面
冰雪下的针叶林一片银白。
为什么我那只矫健的雏鹰
飞走了，不辞而别？

我听着人们的交谈。
他们说，你是一位魔法师。
自从我们约会后，那件蔚蓝的短衫
我已瘦得不能再穿。

那通向乡村墓地的道路，
从前我曾沿着它
随意地来回游荡，
如今它好像有一百倍的漫长。

在那个年代我来到人间做客……

在那个年代我来到人间做客。
施洗时他们赐给我一个名字——安娜，
让人的双唇和耳朵都感到甜蜜。
我新奇地发现了尘世的快乐
认为节日并不止有十二个，
而是一年有多少天，就有多少。
我，顺服于那些神秘的律令，
选择了自由的朋友，
只爱阳光和树木。
夏末的一天，晨光中嬉戏的我
结识了一位外国姑娘，
我们一起在温暖的海水中游泳。
我觉得她的服装是那么奇怪，
更奇怪的是她的嘴唇，而她的语言——
仿佛流星滑落在九月的夜晚。
她体型匀称，教我游泳，
在强劲的波涛中，用一只手托起
我毫无经验的身体。
时常，站在蓝色的海水里，
她和我不紧不慢地聊着天，
我感觉，像是森林的高处
在轻盈地喧哗，沙砾闪烁着光芒，
抑或牧笛用它白银般的声音
在远方歌唱离别时的黄昏。
但我没能记住她说过的那些话，
常常在深夜时痛苦地醒来。

我惊讶于她微张的嘴唇，

她的眼睛和光滑简洁的发型。

如同向上天的信使祈祷

那时我对忧郁的姑娘说：

"告诉我，请告诉我，为什么记忆会熄灭，

它这样痛苦地抚慰听力，

是你善意地取消了重复的记忆？……"

只有一次，当我采摘了葡萄，

放进编制的花篮，

而黝黑的她坐在草地上，

紧闭着眼睛，散开了发辫，

懒洋洋的，显得那么疲倦

是因为那浓重的蓝色果实的气息

还是野薄荷浓郁刺激的芬芳，——

她把那些奇妙的话语放进了

我记忆的宝库，

而我，弄撒了满满的篮子，

摔倒在了干燥而芳香的土地上，

像是对着爱人，爱情在歌唱。

那是第五个季节……

那是第五个季节，
只应对它赞美。
呼吸最后的自由吧，
因为，这就是——爱情。
天空向着高处飞升，
万物的轮廓多么轻盈，
而身体已然不再
为自己忧伤的一周年欢庆。

我生得不早也不晚……

我生得不早也不晚，
这是一个幸福的时刻，
心灵不靠欺骗来生存，
也不需要上帝的保佑。

因此向阳的房间也一片黑暗，
因此我的朋友们，
如同夜间忧郁的小鸟，
歌唱着从没有过的爱情。

我很少想起你……

我很少想起你
也不为你的命运沉迷，
但是我无法从灵魂里抹除
与你那几次约会的痕迹。

我故意绕过你的红房子，
那浑浊的河流之上的红房子，
可我知道，我会痛苦地扰乱
你充满阳光的安宁。

但愿不是你，祈求着爱情，
俯身靠近我的双唇。
但愿不是你，用黄金般的诗句
让我的痛苦永世长存——

我对未来秘密施展魔法，
如果黄昏一片蔚蓝，
我将预感到第二次相见，
那和你不可避免的第二次相见。

离别

黄昏的道路倾斜，
在我的面前伸向远方。
就在昨天，我的恋人，
还哀求说："请不要把我遗忘。"
如今只有阵阵风声，
和牧人们的呼唤，
只有激动不安的雪松
伫立在清澈的泉水边。

滨海花园的道路变得幽暗……

滨海花园的道路变得幽暗，
路灯金黄，鲜明。
我非常平静。只是不要
和我说起他。
你可爱而忠诚，我们会成为挚友……
漫步，亲吻，老去……
而一个个月份轻盈，似雪花般的繁星，
飞翔在我们的头顶。

我们不要在森林中……

我们不要在森林中，再三高呼找寻，——
我不喜欢这样的玩笑……
可是你为什么不来安慰我
这颗备受创伤的良心？

你有另外的惦念，
你有其他的女人……
彼得堡的春天
注视着我干涩的眼睛。

这难以治愈的咳嗽，夜晚的高烧，
是对我论功行赏，欲置死地。
而涅瓦河被懒洋洋的水汽笼罩，
浮冰开始缓缓漂移。

独居

这么多的石头向我砸来，
已经没有一块让我觉得可怕，
陷阱变成了一座结构严谨的塔楼，
傲然屹立于其他高楼之间。
我感谢它的建设者，
愿他们的关怀与忧伤逐日削减。
从这里我最早看到霞光，
在这里夕阳的余晖也绚丽辉煌。
北方大海吹来的风
一阵阵飞进我房间的窗口，
鸽子也来啄食我手中的麦粒……
而我尚未完成的一页诗篇——
会被缪斯褐色的手，
那只平静而轻盈的手，神奇地写完。

遗嘱

请让我的女继承者享有充分权利，
住我的房子，唱我谱写的歌曲。
像我一样，力量缓慢地减弱，
像我一样，受尽折磨的胸腔渴望着空气。

我友人的爱意，我仇人的敌视，
我繁茂的花园中的黄玫瑰，
以及情人炽热的柔情——黎明的预言者啊，
所有这一切我都赠给你。

我要赞美，我因何而生，
为何我的星辰，如同旋风，突然升起
而今又坠落在地。看吧，它的陨落
预示着你的灵感，爱情与权力。

请你爱护我丰厚的遗产，
你将活得长久，享有尊严。
一切将会如此。你看，我是多么平静。
你会生活幸福，但请不要把我忘记。

你如此浓重，爱情的记忆……

你如此浓重，爱情的记忆！
我只能在你的烟雾中歌唱和燃烧，
而对于别人——你却是火焰，
可以温暖冷却的心灵。

为了温暖厌倦的身体，
它需要我的泪水……
上帝啊，莫非为此我才不时歌唱，
莫非为此我才意乱情迷！

让我来饮下这副毒药，
变成一名哑女，
并用突然闪现的忘却洗掉
我可耻的荣誉。

我看见，看见一弯月亮……

我看见，看见一弯月亮
穿过茂密的爆竹柳的叶片，
我听见，听见没钉掌的马蹄
均匀的敲击声响。

怎么了？你也不想睡去，
一年了你都无法把我遗忘，
你已经不习惯
自己空空荡荡的睡床？

是我在和你说话吗，
用那些恶鸟般尖利的叫声，
是我在凝视你的眼睛吗，
从那些苍白、暗淡的书页之上？

为什么你徘徊着，像一个窃贼，
徘徊在寂静的楼下？
或许你记得我们之间的约定
你是在等待我的出现吗？

我要睡了。在窒闷的昏暗中
月亮投下利刃。
敲打声又起。这声音就像
我温暖的心脏在跳动。

给心爱的人

请不要向我派来鸽子，
不要给我写烦人的书信，
也别让三月的微风迎面吹送。
昨天我步入了绿色的天堂，
在绿荫如盖的白杨树下，
我的身体和灵魂都得到了安宁。

从这里我看得见市镇，
看得见宫殿旁的岗哨和兵营，
还有冰面上中国式的黄色小桥。
你等了我两个多小时——打着寒战，
你不能离开台阶，
你惊奇地看见，那么多新星在天空闪现。

我像灰色的松鼠跳上赤杨，
像受到惊吓的燕子匆匆飞过，
我会把你称作天鹅，
希望未婚夫不再恐惧，
在蓝色飞旋的暴风雪中
等候死去的未婚妻。

祈祷

请赐给我病痛的艰苦岁月，
赐给我窒息、失眠和高烧，
请夺走我的孩子，我的朋友，
还有我歌唱的神秘天分——
在经历那么多沉重的日子后，
我跟随你的弥撒这样祈祷，
祝愿黑暗的俄罗斯上空的乌云
化作白云，为光芒所照耀。

傍晚的光线金黄而辽远……

傍晚的光线金黄而辽远，
四月的清爽如此柔情。
你迟到了许多年，
可我依然为你的到来而高兴。

请来坐到我的身边，
用你快乐的眼睛细看：
这本蓝色的练习册——
上面写满我少年的诗篇。

请原谅，我生活的不幸
我很少为阳光而快乐。
请原谅，原谅我，为了你
我接受的东西实在太多。

在某个地方总会有一种普通的生活……

在某个地方总会有一种普通的生活，
总会有透明、温暖、快乐的光线……
在那里，邻居与姑娘隔着篱笆
黄昏中交谈，只有蜜蜂能听见
话语中的情意绵绵。

我们严肃而艰难地生活，
却尊重痛苦约会时的惯例，
那时一阵轻率的风儿吹过
就几乎吹断刚刚开始的话语。

无论用什么我们都不会交换，
这座光荣与苦难交织、花岗岩打造的华丽之城，
它宽阔的河面，冰霜闪闪，
它绿荫蔽日的花园，光线昏暗，
还有那缪斯的声音，隐约可以听见。

我不知道，你是生是死……

我不知道，你是生是死，——
大地之上可以找到你
或者只在夜间的思绪里
清醒地哀悼你的逝去。

这一切都献给你：白昼的祈祷，
失眠时麻木的高烧，
我诗歌的白色鸟群，
我眼睛里的蓝色火苗。

谁也不曾占据我的内心，
谁也不曾使我备受煎熬，
甚至那个因痛苦背叛我的人，
甚至那个宠爱并忘却我的人。

我没有拉上窗帘……

我没有拉上窗帘，
请直接看看里面的房间。
我现在很快乐，
因为你不能离我而去。
称我为罪人吧，
怀着恶意嘲笑我吧：
我曾是你的失眠，
我曾是你难以忍受的思念。

短歌

我曾经从清晨便沉默不语，
不想提及，为我歌唱的梦境。
红色的玫瑰和月光，还有我，
——都是同样的命。
积雪从倾斜的山坡上滑下来，
而我，比雪还要洁白，
浑浊的河水泛滥，
河岸还做着醋甜的美梦。
小松林发出清新的喧哗，
比黎明时的思绪还要宁静。

一星期我都没和人说一句话……

一星期我都没和人说一句话，
一直坐在海边的石头上，
我喜欢，绿色波浪喷溅起的水花，
仿佛我的泪水，苦咸。
有过多少春天和冬天，而我
不知为何记住的只有一个春天。
当夜晚变得温暖，冰雪消融，
我走出家门，去看月亮，
一个陌生人轻声地问我，
我们相遇在小松林间：
"莫非你就是那个我从少年时代
就到处找寻的人，那个和我
一起玩耍，让我思念的可爱姐妹？"
我回答陌生人："不是！"
当尘世的灯光把他照亮，
我把双手伸给了他，
而他赠给我一枚神秘的宝石戒指，
保护我不受爱情的伤害。
他还告诉我一个地方有四种标志，
我们会在那里再次相逢：
大海，圆形的港湾，高耸的灯塔，
而必须有的是——艾蒿丛……
生活怎样开始，就让它怎样结束吧。
我说，我知道：阿门！

我白白地等候了他许多年……

我白白地等候了他许多年。
这段时光恰似瞌睡的一瞬间。
但那盏长明灯闪耀在
三年前，复活节的星期六，
我的声音猝然停止，陷于沉寂——
未婚夫微笑着站在了我的面前。

窗外是举着蜡烛的人群
不紧不慢地行进。哦，多么虔诚的黄昏！
四月的薄冰发出清脆的碎裂声，
阵阵钟鸣，如同可以预见的欢乐，
在人群之上喧响，
漆黑的晚风摇撼着灯光。

洁白的水仙摆放在桌子上，
我看见浅杯中的红色葡萄酒
仿佛黎明时的烟岚。
我的手臂，溅上了蜡滴，
它颤抖着，接受亲吻，
我的血液在唱：快乐吧，幸福的傻女人！

每个昼夜都有这样……

每个昼夜都有这样
纷乱与不安的时刻。
我闭着睡梦中的眼睛
和寂寞大声交谈。
而它敲击着，如同血液，
如同温暖的呼吸，
如同幸福的爱情，
理智而又凶险。

踏着坚硬的积雪的波浪……

踏着坚硬的积雪的波浪
走向你洁白、神秘的小房，
这样默默无语的两个人，
在温柔的沉默里前行。
我做的这个美梦
比所有唱过的歌曲都要甜蜜，
碰到的树枝微微晃动，
你的马刺发出轻轻的响声。

河水平缓地流过山谷……

河水平缓地流过山谷，
山岗上是许多面窗子的房屋。
我们在此生活，像叶卡捷琳娜时代：
做着祷告，等待庄稼收获。

忍受了两日的别离，
客人沿着金色的田野来与我们欢聚，
他在客厅亲吻祖母的手臂
在陡峭的楼梯上亲吻我的嘴唇。

只剩下了我一个人……

只剩下了我一个人
计算着空虚的日子。
啊，我自由自在的朋友，
啊，我亲爱的人们！

我不再用歌声召唤你们，
不再用泪水劝你们回返，
但在深夜悲伤的时刻
我会为你们祈祷平安。

死亡的利箭在追赶，
你们中的一人倒在了地上，
而另一个变成了黑色的乌鸦
来把我亲吻。

这样的事一年只有一次，
当冰雪消融，
我伫立在叶卡捷琳娜花园
清澈的湖水边

我听见宽阔翅膀的拍打声，
回荡在蔚蓝平静的水面之上。
我不知道，是谁在阴森的监狱里
打开了一扇小窗。

冰块喧响，沿着河道汹涌······

冰块喧响，沿着河道汹涌，
天空变得苍白，毫无生机。
啊，你为什么要惩罚我，
我不知自己错在哪里。

如果需要——就杀死我吧，
但对我不要过于严厉。
你不想和我生小孩
你也不喜欢我的那些诗句。

一切都听你的安排：随便！
我会信守自己的诺言，
把生命都献给了你，而把忧愁
我会随身带进坟墓。

你不会立刻猜出它……

你不会立刻猜出它
（是一种可怕而阴暗的）传染病，
人们温柔地说出它的名字，
却因它而死去。

它的第一特征——是奇特的快活，
你仿佛喝了醉人的烈酒，
而它的第二特征——是忧伤，如此的忧伤，
让你无法呼吸，疲惫无力，

只有第三个特征——是最真实的：
如果心儿时常停止跳动，
蜡烛在暗淡的目光中点燃，
这就是说——晚上会有新的相逢……

（深夜你被一种预感所折磨：
在自己的头顶看到六翼天使。
你熟悉他的面孔……
一阵窒闷的倦意向你袭来

像黑缎子一般的帘幕。
愿你的睡梦昏沉而短暂……
清晨带着崭新的谜语醒来，
但那些已不再清晰，不再甜蜜，

你将用痛苦的鲜血洗浴，
而它，被人们称为爱情。）

如果月亮不在空中慢慢前行……

如果月亮不在空中慢慢前行，
而是渐渐冷却——像深夜的烙印……
我死去的丈夫就会回来，
阅读着那些爱情的书信。

他记得橡木削制的小匣上
那把秘密的锁具，
他的双脚戴着锁链，
笨重地敲击着镶木地板。

他核对签名的模糊字迹
和会面的时间。
难道施加给他的还少吗，
那些他至今还忍受着的苦难？

彼得格勒，1919

我们永远忘记了，
那些在疯狂的首都被囚禁的事物，
湖泊，草地，城市
以及伟大的故乡的霞光。

在浴血的圆周里白昼与夜晚
充满剧烈的倦意……
谁也不想帮助我们，
因为，我们留在了家里，

因为我们热爱自己的城市，
而不是展翅飞翔的自由。
我们为自己守护好
它的宫殿，灯火和河流。

另一个时代正在临近，
死亡的风叩打着心扉，
而神圣的彼得之城将为我们
留下失去自由的纪念碑。

站在天堂洁白的门槛……

站在天堂洁白的门槛，
他回过头来，高喊："我等你！"
临终时，他为我留下的最后遗产
是贫困和善意。

当天光渐亮，
他呼呼地扇动着翅膀，
看着我，和向我乞讨的那些人
把一块硬面包分享。

而当大战过后，
染血的云朵在空中飘荡，
他会听见我的祈祷
和我爱情的话语。

爱人们的灵魂都在高高的星空安息……

爱人们的灵魂都在高高的星空安息。
多好啊，再没人可以失去，
再没人可以为之哭泣。这皇村的空气
就是为了再次唱起那些歌曲。

湖畔上那棵银白色的垂柳
抚摸着九月明亮的水面。
我的灵魂从过去醒来了，默默地
迎面走到我的跟前。

这里的树枝上挂满那么多竖琴……
我的竖琴好像也有一席之地……
而这一小阵罕见的太阳雨，
给我带来了抚慰和美好的消息。

给众人

我——是你们的声音，是你们呼吸的热度，
我——是你们面孔的侧影。
这些多余的翅膀徒劳地扇动，——
反正我和你们要相伴终生。

恰是因此，你们才这般贪婪地
喜欢我陷于罪孽与虚弱，
恰是因此，你们才义无反顾地
把自己最好的儿子赠给了我，
恰是因此，你们对他的情况
甚至从来不闻不问，
还用那些乌烟瘴气的赞扬
塞满了我永远空空荡荡的家门。
还说什么——不能结合得过于亲密，
不能相爱到无法补救的境地……

就像影子想离开身体，
就像肉体想告别灵魂，
如今我是多么希望——被人忘记。

前所未有的秋天打造了高高的穹窿……

前所未有的秋天打造了高高的穹窿，
命令云朵不要让它变得阴暗。
人们惊讶不已：九月过去，
那些严寒、潮湿的日子跑到了哪里？
混浊的运河水变成了绿宝石，
荨麻散发玫瑰的芬芳，但比它还要浓郁。
那霞光的闷热难以忍受，像着了魔，鲜红欲滴，
我们到死都不会忘记。
而太阳，恰似闯入首都的暴乱者。
春天般的秋日贪婪地爱抚着它，
让人觉得——透明的雪花莲会马上绽放……
就是在此时，平静的你，走近了我的台阶。

离别

这就是北海的岸边，
这就是我们苦难和荣誉的界线，——
我不明白，是出于幸福还是痛苦，
你哭泣着，偎依在我的腿前。

我不再需要那些必遭失败的人——
无论是俘虏、人质，还是奴隶，
只想和我坚强刚毅的爱人
一起分享面包和栖身之地。

这里真美：簌簌风响，沙沙雪飞……

这里真美：簌簌风响，沙沙雪飞；
每个清晨都透出越来越浓的寒意，
一丛令人目眩的冰雪玫瑰
摇曳在洁白的火焰里。
而在那松软而华丽的雪原上
是滑雪板的痕迹，仿佛在回忆，
某个久远的年代，
你我二人曾并肩走过这里。

缪斯

当我在深夜等候她的来临，
生命，总觉得像悬于一发。
面对手持短笛的可爱客人，
什么荣誉，什么青春，什么自由，都不去管它。

是她走了进来。撩起面纱，
凝神注视着我的脸颊。
我问她："是你把地狱诗篇
口述给了但丁？""是我！"她回答。

致画家

你的作品总让我如梦如幻，
你的画作都是那般美好天然：
菩提树披着黄金，永远都是在秋天，
你笔下的河水，今天是如此湛蓝。

想想看，只要轻轻闭上眼，
梦境就把我引进你的花园。
我在半梦半醒中寻觅你的足迹
在那里，我害怕每一个转弯。

我能否走进那修复的穹顶之下，
经过你的妙手，天空已经焕然一新，
以便冷却我的燥热？它实在令人厌倦。

在那里我会变得永远幸福，
我会重新获得流泪的本能，
而这，只需我轻轻阖上灼热的眼帘。

忆谢尔盖·叶赛宁

可以如此简单地抛弃这个生命，
让它无忧无虑毫不痛苦地燃烧殆尽，
但是不应该让俄罗斯诗人
以这种光辉的方式死去。
最恰当的是让铅弹给有翼的灵魂
打开天空的界线，
或是让嘶哑的恐惧用多毛的爪子
从内心，像从海绵里，挤压出生命。

啊，我是否知道，当缪斯一袭白衣……

啊，我是否知道，当缪斯一袭白衣
走进我狭小居所的房门，
我灵活的双手会去抚弄
那石头般僵硬了许久的竖琴。

啊，我是否知道，当爱情的最后一次暴雨
戏耍罢，飞逝而去，
我会紧闭起锐利的眼睛，为那最好的
小伙，痛哭流涕。

啊，我是否知道，当尝试了令人惊讶的风险，
我陶醉于成功的喜悦，
众人很快会用残酷无情的大笑
来回应临终前的祈祷。

最后的祝酒词

为了被拆毁的家园
为了我困厄的生活，
为了两个人的孤独，
也为了你，我要喝下这杯酒，——
为了出卖我的双唇的谎言，
为了眼睛死亡的冰冷，
为了世界的残酷与粗暴，
为了上帝没来拯救。

鲍里斯·帕斯捷尔纳克 ①

他，把自己比作马的眼睛，
斜睨着，观望着，注视着，分辨着，
看啊，冰雪消融，水洼已闪烁
熔化的钻石般的光芒。

浅紫色的雾霭中一切都在休憩：
后院，站台，木头，树叶，云朵。
火车头呼啸，西瓜皮破碎，
羞怯的手藏在细软的羊皮革里。

如同拍岸的波浪铮琮，轰鸣，摩擦，撞击，
突然间又陷于沉寂，这意味着，他
正小心地穿过针叶树林，
为了不去惊扰那片空地轻柔的梦境。

这就意味着，他在空瘪的稻穗里
清点着种籽，这就意味着，他
走近达里亚 ② 该死的黑色的墓石，
又去参加了一些人的葬礼。

莫斯科的慵倦又一次熊熊燃起，
远方传来致命的铃铛声——

---

① 鲍里斯·帕斯捷尔纳克（1890—1960），俄罗斯著名诗人、作家。因长篇小说《日瓦戈医生》获得诺贝尔文学奖。他是阿赫玛托娃的好友，在阿氏窘困之时，曾多次帮助过她。
② 达里亚：从高加索通往格鲁吉亚的一条峡谷。

谁在离家两步远的地方迷路，
大雪埋腰，一切都将终了？

为此，他把烟雾比作拉奥孔 ①，
歌颂着墓地上生长的飞廉 ②，
为此，在回响着诗歌的崭新空间
他用新颖的声音把世界充满。——

他被授予了某种永恒的童贞，
闪耀着慷慨和敏锐的亮光，
整个大地都成为了他的遗产，
他把这些与众人一起分享。

① 拉奥孔：在希腊神话中，拉奥孔是当时阿波罗在特洛伊城的一个祭祀，他曾警告特洛伊人不要将木马引入城中。这触怒了希腊的保护神雅典娜。于是雅典娜派出了两条巨蛇先将正在祭坛祭祀的拉奥孔的两个儿子缠住，拉奥孔为救儿子也被雅典娜派的蛇所咬死。最终，古老的特洛伊走向了毁灭。
② 飞廉：二年生草本植物，生于山谷、田边或草地，海拔 540—2300 米。我国及欧洲、北非、苏联中亚及西伯利亚都广有分布。

创 作

常常如此：不知这是怎样的困倦；
钟表的滴答声不停地响在耳边；
静息下来的雷霆在远方轰鸣。
听着那些无法辨别的俘虏的声音
让我觉得好像是哀怨和呻吟，
一个神秘的圈子在逐渐缩小，
但在这低语和叮咚作响的深渊里
耸立起一个声音，把一切嘈杂战胜。
在它的周围寂静已不可救药，
甚至可以听到，森林中的小草在生长，
灾难背负着行囊沿大地潜行……
此刻我已然听到了那些话语
和轻盈的韵脚的信号铃声，
于是，我渐渐明白，
那些只不过是口述的诗行
落在雪白的笔记本上。

纪念鲍里斯·皮利尼亚克 [1]

所有这些只有你一人能识破……

当不眠的昏暗在周围沸腾，

那阳光般的、铃兰般的楔子，

悄悄深入十二月之夜的黑暗。

我顺着小路去你那里。

你发出漠不关心的冷笑。

可是针叶树林和池塘间的芦苇

却报以某种奇怪的回声……

哦，如果我用这声音将逝者唤醒，

请原谅我，因为我别无选择：

我怀念你，如同怀念自己的亲人，

我羡慕那每一个正在哭泣的人，

羡慕在这可怕的时刻，

能为那些长眠谷底的死者落泪的人……

可我的泪已流尽，不能再涌出眼眶，

此刻的潮湿也不能滋润我的眼睛。

---

[1] 鲍里斯·皮利尼亚克（1894—1938），俄罗斯著名作家。曾先后到过德国、英国、日本和中国。十月革命后从事文学创作，写作小说和散文。其中较出名的有长篇小说《荒年》，中篇小说《暴风雪》、《伊凡和玛丽雅》、《黑面包的故事》、《机器和狼》等。1929年在柏林出版的中篇小说《红木》因"歪曲苏维埃现实"而遭批判。1930年的长篇小说《伏尔加河流入里海》，对苏联生产题材小说的发展有积极的影响。1937年被逮捕，1938年被苏维埃最高法院以危害国家罪判处死刑。1956年恢复名誉。

回答

我可绝不是什么先知，
我的生活，恰似溪水般清亮。
我只是不愿意
在监狱钥匙的哗啷声中歌唱。

我不需要什么颂歌的队伍……

我不需要什么颂歌的队伍，
也不需要挽诗的风格魅力。
依我看，诗里面一切都应不合时宜，
不能像所有人，千篇一律。

如果你们知道，从微尘里
都能生长出诗句，而不会感到羞耻多好，
就像栅栏旁一朵金黄的蒲公英，
就像牛蒡和滨藜。

愤怒的呼喊，焦油新鲜的气息，
墙壁上神秘的霉菌……
这是诗句发出的声音，充满激情和温柔，
给你们带去快乐，让我痛苦不已。

迟到的回答

我养尊处优的可人儿，我的小女巫……

———玛·茨维塔耶娃 ①

隐身人，双生子，模仿鸟 ②，
你为何潜藏于黑色的灌木丛中，
时而躲进多孔的椋鸟笼里，
时而闪现在死者的十字架上，
时而从玛林基纳塔楼 ③ 里发出喊声：
"今天我回到了家里。
欣赏一下吧，这片可爱的耕地，
他们究竟对我干了些什么。
一道深渊吞没了亲人们，
父母的房子被摧毁殆尽。"
…… ……
今天，我和你一起，玛丽娜，
漫步在午夜的首都，
我们身后是千百万这样的人们，
没有比这更庄严的默默的行进，
我们周围是送葬的钟声，
和掩埋了我们足迹的，
莫斯科暴风雪的怪异的呻吟。

---

① 玛丽娜·茨维塔耶娃（1892—1941），俄罗斯白银时代著名女诗人，阿
赫玛托娃的好友。此诗句是她于 1921 年 12 月 9 日献给阿赫玛托娃的一首
诗中的最后一句。此首诗应该是阿赫玛托娃在 19 年之后给予的答复。
② 模仿鸟，学名叫"嘲鸫"，因为善于模仿别的鸟的叫声，所以俗称模仿鸟。
③ 玛林基纳塔楼建于 1526—1531 年，是莫斯科州科洛姆纳城保存至今的
七座塔楼之一。

这是我给你的，以替代墓地上的玫瑰……

——纪念米·阿·布尔加科夫 ①

这是我给你的，以替代墓地上的玫瑰，
替代那香炉中的香火；
你如此艰难地活过，并最终将伟大的蔑视
带给这个世界。
你喝啤酒，和众人一样开着玩笑，
在窒闷的围墙内喘息，
把那位奇怪的客人亲手放了进来，
并与他形影相吊。
你没了，对这哀痛和崇高的生命，
四周鸦雀无声，
唯有我的声音，像一支短笛，
在你寂静的追思会上响起。
哦，谁敢相信，我发疯了，
我，变成了为死者哭灵的人，
我，在这一丛文火上慢慢燃烧。
那些错失的人，那些被遗忘的人，
有一天势必会被想起，那些人充满力量，
有着光明的思想和意志。
仿佛昨天你还和我这样说过，
掩饰着自己临死前痛苦的战栗。

---

① 米哈伊尔·阿法纳西耶维奇·布尔加科夫（1891—1940）是 20 世纪上半叶的一位俄罗斯小说家、剧作家。一生命运多舛，代表作为《大师与玛格丽特》。1940 年，布尔加科夫因家族遗传的肾病而去世。在去世前十年内创作的作品，大多未能发表。1966 年，《大师与玛格丽特》的洁版（12% 被删去，更多的地方被改动）才第一次出版，完全版本直到 1973 年才出版。

我可真的不了解失眠……

我可真的不了解失眠
它的全部深渊和小径，
但它仿佛狂野的小号吹奏下
骑兵沉重的脚步声。
我走进阒寂无人的房子，
不久前还有人在此安居。
万籁无声，唯有白色的影子
在陌生的镜子里浮动。
而那烟雾之中是什么——丹麦，
诺曼底，还是
我先前去过的地方，
或许这是——那些永远
被忘却的时光重现？

也许，还有许多事物希望……

也许，还有许多事物希望
被我的声音颂扬：
那些沉默的事物，发出轰鸣，
或在黑暗中打磨着地下的石头，
或正突破烟雾。
我这里，还有与水、火、风
的恩怨没有结清……
因此，我的瞌睡将会为我
突然打开这些大门
引领我去看黎明的星星。

三个秋天

夏日的微笑让我简直无法理喻，
可我也找不到冬天的秘密，
但是，一年中有三个秋天
我的观察几乎确定无疑。

第一个秋天——像节日一般忙乱，
仿佛故意刁难逝去的夏日，
落叶纷飞，像撕碎的笔记本碎片，
青烟缥缈，芳香阵阵，
一切都湿润，明亮，色彩斑斓。

白桦树带头翩翩起舞，
身披镂空的装束，
隔着篱笆向邻居匆忙地抛洒
转瞬即逝的泪水。

但这是常有的——像故事刚刚开始。
好像只过了一分，一秒——第二个秋天
就来临了，像良心一般冷静，
像空中的雾霭一样幽暗。

一切都仿佛瞬间变得苍白和衰老，
夏日的悠闲被洗劫一空，
远方金号的行军口令
飘散在芬芳的雾气中……

高耸的苍穹掩藏在
它神香弥漫的寒冷气流中，
当寒风骤起，大地袒露无遗——
人们即刻明白了：悲剧结束了，
这不是第三个秋天，是死期。

我永远喜欢书中的最后一页……

我永远喜欢书中的最后一页
远甚于其他页码——
当我已经全然不再对男女主人公
感兴趣，许多年
就这样逝去，对谁都不惋惜，
也许，作者本身
已经忘记了故事的开端，
甚至"永恒都苍老了"，
就像一本优秀的书中所说。
但是现在，现在
一切都接近尾声，而作者要重新
不可逆转地陷入孤独，而他
正极力成为一个机智的人
或者正在死去，——宽恕他吧上帝！——
适合有一个奢华的尾声，
就像这样，譬如：
……只是在两个家庭中
在那个城市（名字不清楚）
留下一张侧影（在雪白的石灰墙壁上
被不知谁勾勒出），
不是女人的，也不是男人的，但充满神秘。
于是，像人们所说，当月光——
呈现绿色，低低的，中亚的月光——
沿着这些墙壁在深夜奔跑，
特别是在新月的晚上，
你就会听见什么轻微的声响，

一些人以为这是哭泣声，
另外一些人能听出其中的词语。

但所有人都厌倦了这个奇迹，
去看的人少了，本地人已习以为常，
听说，在那些房子其中的一间，
该死的侧影已经用毯子罩起。

难道我全然变了，不再是那个……

难道我全然变了，不再是那个
　　大海边生活过的人，
痛苦，难道我的嘴唇忘记了
　　你的味道？
在这片古老而干燥的土地上
　　我重新回到了家里。
中国的风在黑暗中歌唱，
　　一切都如此熟悉……
我注视着这些山坡，
　　呼吸都会融化，
我知道，朋友环绕在周围——
　　数以百万计。
乘着深夜的翅膀
　　是怎样的风在呼啸飞行——
那是亚洲的心脏在跳动，
　　向我发出预言，
和平明媚的日子，
　　我将重新在这里找到栖身之地。
……在临近的喀什米尔原野
　　鲜花怒放。

我从深渊里大声疾呼——我这代人……

我从深渊里大声疾呼 ①——我这代人
很少品尝到甜蜜。你看
只有风在远方发出低沉的长鸣，
只有记忆在为死者们唱着哀曲。
我们的事业还未完成，
我们的时间在一点一滴流逝，
到希望的分界线，
到伟大的春天的顶峰，
到百花怒放
只剩下一次喘息……
……　……

两场战争，我这代人，
照亮了你痛苦的道路。

_____

① 　原诗此处为拉丁文：De profundis!

你啊，亚洲，故乡之故乡……

你啊，亚洲，故乡之故乡！
群山高耸，沙漠漫漫……
你的空气，不似先前的任何地方，
它炽热而蔚蓝。
像童话中的屏风，
相邻的国境线隐约可见，
在缅甸上空的鸽群
飞向牢不可破的中国。
伟大的亚洲久久沉默，
笼罩在火焰般的酷热里，
把永恒的青春隐藏进
自己威严的白发里。
然而，光明的时代在迫近，
正抵达这神圣的地域。
你在那里歌颂过格萨尔，
那里的所有人都成为了格萨尔。
在世界面前
你手中高举起橄榄枝——
用你们古老的语言
重又说出崭新的真理。

爱情会先于一切化为死亡的灰烬……

爱情会先于一切化为死亡的灰烬，
自豪感将平静下来，阿谀奉承会渐渐沉寂。
绝望，被添加了恐惧，
让人几乎不可能忍受过去。

你虚构了我……

你虚构了我。世上没有这样的女人，
这样的女人不可能在世上出现。
医生无法救治，诗人不能消除，——
幽灵般的影子让你昼夜不安。
我和你在不可思议的年代相遇，
那时，世界的力量已然消耗殆尽，
一切都在哀悼，一切都因苦难凋残，
只有一座座坟墓无比新鲜。
涅瓦河上的壁垒，没有灯火，黑暗如漆，
沉寂的夜晚仿佛被城墙围起……
就在那时，我的声音呼唤着你！
这是在干什么——我自己也不能明白。
你来到我的面前，像是指路的星辰，
紧随悲惨的秋日，
走进那栋永远空空荡荡的房子，
从那里，刮飞了我那一页页焚毁的诗篇。

第一支短歌

神秘的不遇
荒凉的纪念，
没说出的言辞，
沉寂的话语。
未相遇的目光
不知道，该投向哪里。
只有泪水是快乐的，
可以久久地流淌。
莫斯科郊外的野蔷薇啊，
唉！为什么长在那里……
人们把这一切都会称作
不朽的爱情。

另一支短歌

没有说出的话语
我不想再重复，
但是为了纪念那次不遇
我会栽下一株野蔷薇。

我们的会面是多么美妙，
在那里歌唱，闪耀，
我不想从那里返回，
哪儿也不想去。
欢乐对于我是多么苦涩
幸福代替了职责，
和不该说话的人说了话，
说了那么久。
让热恋的人们经受折磨，
乞求着对方的回答，
亲爱的，我们只不过是
世界边缘的幽灵。

在破碎的镜子里

在那个繁星满天的夜晚
我听到了那些绝情的话语，
顿时头晕目眩，
仿佛脚下是烈焰升腾的深渊。
死亡守在门口哀号，
黑暗的花园像猫头鹰，一声声怪叫，
此刻，这座城市，死一般疲惫，
恰似古老的特洛伊城堡。
那一瞬间光芒耀眼
好像清脆的声音令人泪如雨下。
你送给我的不是
那件你从远方带来的礼物。
你觉得，在那个激情似火的夜晚
它不过是一场微不足道的游戏。
它是闻名于世的荣耀
也是向命运发出的严酷邀请。
它成了我一切不幸的前奏，——
这些我们永远都不要再回忆！……
那没有实现的相逢
还正躲在角落里哭泣。

会被人忘记？——这可真让我惊奇……

会被人忘记？——这可真让我惊奇！
人们忘了我一百次，
有一百次我躺进了墓地，
也许，至今我还在那里。
而缪斯，曾经耳聋目盲，
像种子一样在泥土里腐烂，
为了如同凤凰重新飞出灰烬，
在蔚蓝的天空中涅槃。

音乐

——致德·德·肖斯塔科维奇 ①

她的内部燃烧着某种神奇的火焰，
她的眼中那些界限都游移不定。
当别人都害怕走近我时，
只有她独自和我交谈。
当最后一位朋友移开了视线，
只有她独自和我待在墓地
像第一声春雷那样歌唱，
又像所有的花朵那样低语。

——————————

① 德·肖斯塔科维奇（1906—1975），苏联最重要的作曲家之一，20 世纪世界著名作曲家之一。卫国战争中所创作的第七交响曲享誉世界；1957、1962 年先后因第十、十三交响曲引发争论。

这棵柳树的叶子在十九世纪枯萎了……

这棵柳树的叶子在十九世纪枯萎了，
为了百倍新鲜地在诗句中闪耀银光。
荒芜的玫瑰变成了紫红色的野蔷薇，
贵族学校的颂歌依旧为祈祷健康而响起。
半个世纪过去了……我被奇怪的命运慷慨奖赏，
我在失去知觉的日子忘却了岁月的流逝，——
我回不到那里去了！但是，在忘川之畔我将随身带去
我的皇村花园的鲜活轮廓。

没什么奇怪的，不屈的诗句……

没什么奇怪的，不屈的诗句
有时会发出哭丧般哀伤的声音。
这里荒无人烟！——我四分之三的读者
都已经湮没于冥河深处。
而你们，朋友啊！——幸存者寥寥无几，
因此，你们一天天让我备感亲近……
这条河显得多么短浅，
而众人却觉得它过于漫长。

海滨十四行

这里的一切将比我活得长，
一切，甚至那些残破的椋鸟巢
还有这空气，这春天的空气，
它刚完成跨越大海的飞翔。

一个永恒的声音在呼唤，
带着世间少有的不可抗拒的力量，
而在那棵繁花盛开的樱桃树上，
轻盈的月亮正洒下一片光芒。

这条小路让人觉得走起来不难，
它在碧绿的密林间时隐时现，
但我不会说出它通向哪一边……

在树干之间显得还要明亮，
这一切都好像那条林荫道，
伸展在皇村池塘的一旁。

音乐响起时

请您不要绝望。

——尼古拉·普宁

又一次响起肖邦的波罗乃兹舞曲 ①，
哦，我的上帝！那么多的扇子，
低垂的眼睛，温柔的嘴，
但是变革在沙沙作响，又是多么切近。

音乐的影子在墙壁上滑动，
但不能触及月亮的铜绿。
哦，多少次我在这里打着寒颤
有个可怕的人从窗子里向我点头致意。

…… ……

那没有鼻子的雕像的目光多么恐怖，
走吧，不要拯救我，
也请不要为我痛苦地祈祷……

…… ……

这来自于一三年的说话声

---

① 波罗乃兹起源于 16 世纪波兰民间歌舞。中庸速度。三拍子。17 世纪起
为作曲家所应用。J.S. 巴赫用于所作《法国组曲》(1722 年) 第六首和管弦
乐组曲第二首 (1730 年后) 中。其后 W.F. 巴赫和莫扎特等都作有这种舞曲
的作品。肖邦的钢琴作品波洛奈兹舞曲 16 首，特别是其中《军队》(1838
年) 和降 A 大调 (1842 年)，为此舞曲体裁的代表作。此外，贝多芬、舒
伯特、R. 舒曼、韦伯、李斯特、穆索尔斯基和柴科夫斯基都曾应用这种
舞曲。

再次高喊：我在这里，我又是你的了……
无论是自由，无论是荣誉，对我都毫无意义，
我过于清楚……但大自然默不作声，
散发着阴森潮湿的气息。

请不要干扰我的生活——如此不幸……

请不要干扰我的生活——如此不幸，
你想要什么？什么折磨着你？
或许是深夜中闪亮的
冰冷星辰的无法解答的谜语，

抑或是像失眠的走廊
你曾经穿过向我走来，
抑或是从很早以前毁灭的白色钟楼上
你目送着我庄严的到来？

在先前的生活中，我和你的恩怨
带来那么多的不快，啊，我可怜的朋友！
因此工作不再竞赛，
喉咙干燥，血液低低絮语些什么
眼睛里冒出鲜红的血丝。

或许是在那个禁锢的时刻
你看到了温顺的目光，
或许在不知什么样的黑暗地下室里
不止一次地把死亡给我留下。

如今你以被忘却的牺牲者的面目
不能找到位置……
那里是什么——血迹斑斑的石板
还是砖石砌死的门？

实际上——千百公里，
就像你对我说过，——真实的谎言。
从童年时便熟悉的风的声音
继续着我们的陈旧的争辩。

你爱我，怜惜我……
——致茨维塔耶娃

你爱我，怜惜我，
理解我，没有一个人像你。
可是为什么，死神却在期限前
从我们这儿夺走了你的声音和肉体？

夏园

我想去赏玫瑰，去那座唯一的花园，
那里环绕着世界上最美丽的栅栏，

那里的雕像记得我的青春时光，
而我记得它们在涅瓦河边的模样。

那些庄严的菩提树间，寂静而芬芳，
我仿佛听见轮船的桅杆吱嘎作响。

那只天鹅，一如从前，游过一个世纪，
欣赏着自己倒影的美丽。

成千上万的足迹正僵死般睡去，
那些敌人和朋友的，朋友和敌人的足迹。

而行进着的阴影看不到尽头，
它们从花岗岩花盆延伸到宫殿的门口。

在那里，我的白夜发出低微的响声，
诉说着某人崇高而隐秘的爱情。

一切都闪烁着贝壳和碧玉般的光芒，
可那光线的源泉却被秘密地隐藏。

诗人

你思考一下，也说成工作，——
这无忧无虑的生活：
从音乐中偷听到些什么
就轻易地据为己有。

把不知谁的快活谐谑曲
插入某些诗句，
对天发誓，可怜的心灵
就是这样在闪光的田野里叹息。

而随后在森林边窃听，
在一棵缄默的女人般的松树旁窃听，
趁着浓雾的烟幕
正四处弥漫。

我不加选择地采集，
甚至，没有丝毫的罪恶感，
从魔鬼般的生活取来少许，
而全部都来自——深夜的静寂。

读者

不该成为非常不幸的人，
主要的，是成为潜在的。哦，不！——
为了成为鲜明的当代人，
诗人把自己完全敞开。

栅栏在脚下竖起，
周围一片死寂，空洞，明亮，
舞台灯光的可耻的火焰
粘到了他的前额上。

而每一位读者都像一个秘密，
都像地下挖出的宝藏，
但愿他是最后一个，偶然的，
整个一生都沉默寡言。

那里的一切，大自然都会隐藏起，
当她离开我们，随她的心意。
在某个指定的时辰
那里会有人无助地哭泣。

那里有那么多深夜的昏暗
和阴影，那么多的寒冷，
那里有那些陌生的目光
和我交谈直到黎明。

不知为了什么，他们责难着我，

某些事情上又赞同我……
就这样，沉默的忏悔流淌，
交谈的幸福激情。

我们的时代在尘世上飞逝
指定的圈子过于紧密，
而他不会改变，永远陪伴——
诗人看不到的朋友。

四季

今天我要回到那里，
春天我曾在那里定居。
我不再哀伤，不再生气，
只有黑暗相伴，和我在一起。
它多么幽深，多么温柔，
它对众人总是那样亲近，
恰似从枝头飞落的叶子，
仿佛微风孤独的噁哨
滑过平静的冰面。

不必恐吓我，用残酷的命运……

不必恐吓我，用残酷的命运，
和北方强大的孤寂。
现在是我和你的第一个节日，
这个节日名叫——别离。
我们不能在一起迎接霞光，无所谓，
月亮不在我们的头顶上徘徊，没关系。
我今天要送给你的
是世界上从未有过的一份厚礼：
那是我水中的倒影
它映在黄昏不眠的溪水里，
那是我的目光，仿佛陨落的星辰
无法返回到天宇。
那是我说话的回声，有气无力，
而当初它是多么清新，充满了盛夏的气息，——
为了让你不是浑身战栗地听到
莫斯科郊外鸦群的流言蜚语，
为了让十月的潮湿
变得比五月的爱抚还要甜蜜……
我的天使，想着我吧，
哪怕一直想我到初雪落满大地。

你们要活下去，我不太渴望……

你们要活下去，我不太渴望，
那个转变临近。
哦，它是多么严厉而准确，
无形的惩罚。

他们猎杀不同的野兽，
每个人都有自己
完全不同的顺序，
而对于狼——全年都是。

狼喜欢自由自在地生活，
但对狼惩罚更快：
在冰雪之上，森林之中，原野之间
狼全年都遭受猎杀。

请不要哭泣，哦，唯一的朋友，
夏日还是冬天
在野狼经行的小道上，
你将会听到我的叫喊。

诗人之死 ①

回声会像小鸟一样答复我。

——鲍·帕斯捷尔纳克

他独特的嗓音在昨天沉寂，
小树林的交谈者弃我们而去。
他化作了供麦穗成长的生命，
或变成纤细的，为它们唱着圣歌的雨滴。
所有花朵，尽尘世所有，
都为了迎接这死亡而竞相怒放。
但这里霎时变得一片寂静，
在地球——这个有着朴素名字的行星上。

---

① 这首诗是阿赫玛托娃献给鲍利斯·帕斯捷尔纳克的。

回声

通向往昔的路早已关闭，
过去的事情对我如今有何意义？
那里有什么？——沾满血迹的石板，
或是被堵死的大门，
抑或是回声，尽管我这样请求，
它依然不能沉寂下去……
与这回声一起出现的，还伴随着
那些暗藏在我心中的记忆。

我们真没有白白地一起过穷日子……

我们真没有白白地一起过穷日子，
甚至没有希望作一次喘息，——
我们一起发誓——一起投票表决
平静地继续走自己的路。

不是因为，我纯洁地留了下来，
如同上帝面前的蜡烛，
我和他们都曾跪倒在刽子手的
血淋淋的僵偶前哀求。

不，既没有在异国的天空下，
也没有他人护佑的羽翼，——
那时我和我的人民在一起。
多么不幸，我的人民也在那里。

致诗歌

你们这样引领我走过难行的道路，
如同黑暗中的流星。
你们是痛苦和谎言，
而慰藉——从来都没有。

请把我和音乐留下来······

请把我和音乐留下来，
我们很快就能达成协议——
它是无底的水潭——
我是幽灵，阴影，是责怪。
我不妨碍它的声响，——
它协助我——死去。